Clár

Caibidil a hAon

Teitheadh[1]

Calais, An Fhrainc, mí Lúnasa, 1992

Níor bhog sí orlach. Ní thiocfadh léi bogadh. Bhí sí greamaithe[2] taobh istigh de scaifte mór daoine. Ní raibh aithne aici ar na daoine a bhí thart uirthi. Ní raibh sí ag iarraidh aithne a chur orthu. Bhí aon chuspóir[3] amháin aici – teitheadh. Ba mhian léi an Fhrainc a fhágáil ina diaidh. Ba mhian léi a tír dhúchais féin, an Bhoisnia, a fhágáil ina diaidh. Ba mhian léi an doirteadh fola agus an foréigean agus an feall[4] a fhágáil ina diaidh. Ba mhian léi na cuimhní róphianmhar a fhágáil ina diaidh. An Bhoisnia. Chuir an focal féin ar crith í. A Chríost dhílis, a ghuigh sí, ná cuirtear ar ais ansin mé. A Chríost dhílis, ná cuirtear ar ais mé.

Ba mhian léi bogadh. Ach níor bhog. Ní thiocfadh léi bogadh. Luigh na daoine eile thart uirthi. Bhí a fhios aici go raibh siad ann. Chonaic sí iad ag dul isteach sa leoraí seo roimpi. Ach níor labhair aon duine le chéile. "Bígí ciúin," a dúirt an tiománaí le gach duine agus iad ag dul ar bord. "Bígí ciúin. Má fhaigheann lucht an chustaim sibh séanfaidh[5] mise go bhfaca mé aon duine agaibh riamh. An dtuigeann sibh? Déarfaidh mé go ndeachaigh sibh

1 teitheadh – *escape*
2 greamaithe – *stuck*
3 cuspóir – *aim*
4 feall – *treachery*
5 séanfaidh mise – *I will deny*

i bhfolach anseo i ngan fhios dom. An dtuigeann sibh? Cuirfidh siad ar ais sibh. Ní chreidfidh duine ar bith sibh. Níl ionaibh ach teifigh."

Teifeach[6]. Dúirt sí an focal léi féin arís agus arís eile. Teifeach. Cad é an chiall a bhí leis? Bhí fonn uirthi a rá leis: "Marika is ainm dom. Is múinteoir scoile mé."

Ach ní dúirt sí tada. Ní chuirfeadh sí fearg ar an tiománaí – le fios nó le hamhras. Ba mhúinteoir í. Ba mhúinteoir í i saol eile agus i ndomhan eile. Bhí cáilíochtaí[7] ollscoile aici. Teifeach. Níorbh aon chuidiú na cáilíochtaí céanna ollscoile anois. Teifeach. Níorbh aon chuidiú a teastas múinteoireachta anois. Teifeach. Bean gan tír a bhí inti anois. Bean gan todhchaí.

Ní hea, a dúirt sí léi féin. Bheadh todhchaí aici. Thógfadh sí saol eile di féin. B'éigean di saol eile a thógáil. Thuig sí sin. Bhí a lámha leagtha ar a bolg. Níor mhothaigh sí tada ach bhí a fhios aici go raibh a leanbh istigh sa bhroinn. Bhí sé ag fás gach lá. B'éigean di aire a thabhairt don leanbh agus di féin. Sin an rud a theastódh óna fear céile. Dá mbíodh sé beo ... dá mbíodh.

Chaoin sí go ciúin. In ainneoin go raibh míonna móra fada imithe ó maraíodh é, mhothaigh sí a chaill. Gach lá. Gach seachtain. Gach mí. Mhothaigh sí an folúntas[8] sin ina saol. Mharaigh siad é. Agus mharódh siad ise dá bhfaigheadh siad a gcrúba uirthi. Theith sí agus eagla ina croí.

6 teifeach – *refugee*   7 cáilíochtaí – *qualifications*   8 folúntas – *vacuum*

Theith sí agus scéin ina hanam. Theith sí agus rún docht daingean aici go dtógfadh sí saol eile di féin, saol eile i bhfad i gcéin, saol eile in Éirinn.

Rinne sí rogha den áit ó chonaic sí pictiúir den tír in iris. Bhí an chuma ar an áit go raibh sí deas suaimhneach. Chuala sí iomrá ar na hÉireannaigh. Dúradh gur dhream deas fáilteach iad. Ní chuirfeadh siad ó dhoras í. Bhí sí cinnte daingean de. Ní chuirfeadh siad ó dhoras í. Thuigfeadh na hÉireannaigh dá cás, dá hanchás. Thuigfeadh siad agus chuideodh siad. Bhí sí cinnte daingean de.

Éireannach a bhí sa tiománaí. Ní go maith a sheas sé clú a thíre, a smaoinigh sí. Ba é a iompar an chéad leid a fuair sí go mb'fhéidir nach raibh gach Éireannach chomh cuiditheach agus a dúradh léi.

Chonaic sí den chéad uair i gcaifé é. Labhair sí leis go faiteach[9] cúramach. "Sea," a dúirt sé, "thiocfadh liom tú a thabhairt anonn go hÉirinn. Ach beidh costas i gceist."

"Níl airgead ar bith agam," a dúirt sí.

"Cé a dúirt rud ar bith faoi airgead," a d'fhreagair sé. Leath miongháire mígheanúil ar a bheal sleamhain. "Is dathúil an bhean tú."

Thuig sí cad é a bhí i gceist aige. Chúlaigh sí uaidh le déistin[10]. "Ní thiocfadh liom," a dúirt sí.

"Bhuel. Is cuma liomsa. Mura bhfuil airgead agat. Cad é eile atá agat?"

4

Thóg sí uaireadóir as a póca. "An leor é seo?"

"Ní leor," a d'fhreagair sé.

Thóg sí fáinní cluaise agus braisléad óir as a póca.

"An leor iad seo?"

D'amharc an tiománaí ar na hearraí go cruinn cúramach. "Tá siad ceart go leor. Beidh an fáinne agam freisin," a dúirt sé.

"An fáinne pósta. Ná héiligh[11] é," a d'impigh sí air.

"Ní leor na háilleagáin[12] bheaga sin le tú a thabhairt anonn go hÉirinn," a dúirt sé go míthrócaireach. Thuig sé go raibh sí gan chumhacht, gan airgead. Thuig sé nach raibh an dara[13] suí sa bhuaile aici ach a maoin saoil a thabhairt dó. Ba chuma leis. Deis a bhí sa teifeach cúpla euro a dhéanamh dó féin. Thapódh[14] sé an deis. Ní fhaca sé duine daonna os a chomhair. Ní fhaca sé bean a bhí ar an dé deiridh. Chonaic sé brabús.

D'amharc an bhean air agus thuig sí nárbh fhiú di troid ina éadan. Rinne sí útamáil bheag leis an fháinne. Bhain sí an fáinne pósta dá méar go tromchroíoch agus thug don tiománaí é. Las a aghaidh shantach le gliondar. "Bí ar ais anseo ag a hocht a chlog. Ná lig do dhuine ar bith tú a fheiceáil. Má bhíonn tú bomaite mall, beidh mise ar shiúl." Leis sin, d'éirigh sé ina sheasamh agus shiúil amach.

D'fhan sí ina suí tamall eile. Mhothaigh sí nocht

11 éiligh – *demand*
12 áilleagáin – *trinkets*
13 an dara suí sa bhuaile – *alternative*
14 thapódh sé an deis – *he would avail of the opportunity*

gan a fáinne pósta. Bhí rian an fháinne le feiceáil ar a méar go fóill. Bhí cuimhne aici ar an lá ar chuir a fear céile, Iosef, ar a méar é. "Beidh an dea-chuimhne sin agam go deo," a dúirt sí léi féin, "ní thig le duine ar bith an dea-chuimhne sin a ghoid uaim go deo. Beidh an chuimhne sin i mo chroí i gcónaí agam. Ní raibh san fháinne ach comhartha dár ngrá. Beidh an grá ann i gcónaí."

Mar sin féin, mhothaigh sí ciontach go raibh uirthi scaradh leis an fháinne. Ghuigh sí go dtuigfeadh a fear céile cad chuige ar ghéill[15] sí é.

D'fhill sí ag a hocht agus chonaic nach mbeadh sí ina haonar sa leoraí. Rinne sí comhaireamh tapa de na daoine a bhí i bhfolach i measc leoraithe na nduganna. Tríocha duine ar fad. An raibh siad uilig le dul ar bord léi? Níorbh fhada go bhfuair sí amach go raibh. "Isteach libh," a dúirt an tiománaí. Agus chuaigh siad isteach duine ar dhuine. Gan amhras, bhí an tiománaí ag déanamh brabús deas ar an turas áirithe seo, a smaoinigh sí. Bhí sé ag éirí ramhar ar mhífhortún daoine eile.

Bhí sí ag ullmhú le dul isteach ar chúl an leoraí nuair a mhothaigh sí a lámh uirthi. "Thiocfadh leat suí chun tosaigh dá mba mhian leat é. Beidh an turas anonn fada go leor. Ach tá leaba dheas chlúthar sa chaibín agamsa. B'fhearr i bhfad é ná bheith brúite ar chúl an leoraí."

D'amharc sí air é. Bhí idir dhéistin agus fhearg

15 ghéill sí é – *she gave it up*

uirthi. "B'fhearr liom an leoraí," a dúirt sí. "Bíodh agat," a d'fhreagair sé.

Labhair sé leis an scaifte istigh: "Bígí ciúin. Beidh an turas fada agus ní bheidh aon dóigh agam le sibh a ligean amach. An té a dhéanann a mhún, luíodh sé ann." Leis sin, dhruid sé an doras. Múchadh an solas. Luigh na teifigh sa dorchadas. Mhothaigh Marika an leoraí ag bogadh. Ghuigh sí go dtiocfadh sí slán as an turas.

Cé mhéad uair ó shin a dhruid sé an doras, a d'fhiafraigh sí di féin. Ní raibh sí ábalta a rá. Ach chonacthas di go raibh sí istigh sa leoraí dorcha seo ar feadh na mblianta. Ba mhian léi labhairt leis na daoine eile a bhí ag lúbarnaíl thart uirthi. Ach bhí eagla uirthi aird a tharraingt uirthi féin. Luigh sí gan labhairt agus rinne a machnamh ar an dóigh ar cuireadh cor tubáisteach ina cinniúint[16].

16 cinniúint – *destiny*

Caibidil a dó

Sonas

An Bhoisnia, Aibreán, 1992

"Ar mhaith leat cupán caifé?" a d'fhiafraigh sí.

Níor chuala a fear céile í. Bhí sé ag péinteáil na mballaí. Bhí an raidió ró-ard aige. Bhog sí as an chistin agus chuaigh sí isteach sa seomra suite. Teach beag a bhí ann. Mar sin féin, is ar éigean a chuala sí féin an cheist os cionn thormán an raidió.

"Ar mhaith leat cupán caifé?" a dúirt sí in ard a cinn arís.

Chuala a fear céile, Iosef, an iarraidh seo í. Stad sé den phéinteáil agus chrom síos leis an raidió a mhúchadh.

"Cad é a dúirt tú, Marika, a stór?"

"Don tríú huair agus don uair dheireanach," a dúirt sí agus í idir mhagadh agus dháiríre, "ar mhaith leat cupán caifé?"

Rinne Iosef gáire croíúil: "Bhuel, ó chuir tú an trioblóid ort féin an cheist a chur trí huaire, bheadh sé dímhúinte diúltú[1]. Ba mhaith liom cupán caifé, le do thoil."

1 diúltú – *refuse*

Rinne siad beirt gáire. D'fhill sí ar an chistin. Bhí boladh an chaifé tríd an chistin. Thóg Marika an pota agus dhoirt an caifé go cúramach. Mhothaigh sí súile Iosef uirthi. D'amharc sí air go gasta agus rinne gáire: "Cad é air a bhfuil tú ag smaoineamh?" a d'fhiafraigh sí de.

"Ó, tada."

"Tada! Anois, tabhair freagra ar an cheist nó cuirfidh mé ar chúl an tseomra tú."

"Marika – múinteoir i gcónaí. Cad é air a bhfuil mé ag smaoineamh? Tá mé ag smaoineamh go bhfuil an oiread sin rudaí le déanamh sa teach seo. Caithfidh muid gach seomra a phéinteáil. Caithfidh muid trioc[2] nua a cheannach. Caithfidh muid cúpla sconna a dheisiú. Caithfidh muid an gairdín a lomadh agus na fiailí a stoitheadh[3]. Tá sé cosúil le dufair[4] faoi láthair. Caithfidh muid ..."

"Is leor sin," a dúirt Marika, "is leor sin. Shílfeá go raibh brón ort go bhfuair muid an teach seo. Tá a fhios agam go bhfuil neart le déanamh ann. Ach is linne é. Teach beag dár gcuid féin. Beidh muid sona anseo. Tá fhios agam é."

"Ó, ní hé sin é, ar chor ar bith," a dúirt sé.

D'amharc Marika air go magúil.

"Brón atá ort gur phós tú mé, b'fhéidir."

D'amharc sé le hiontas uirthi agus dúirt go heaglach: "Ní hé sin é." Ach chonaic sé an

2 trioc – *furniture*   3 stoitheadh – *pull,*   4 dufair – *jungle*
                                        uproot

t-amharc magúil ina súile agus rinne gáire arís: "Tá tú ag spochadh[5] asam."

"Tá," a dúirt sí, "tá mé ag spochadh asat. Nach é sin an fáth ar phós tú mé – féith[6] an ghrinn bheith ionam."

"Sin agus nithe eile."

Tharraing sé chuici í agus phóg siad. Ba ansin a chuala siad cnag ar an doras.

"Cuairteoirí," a dúirt sí agus d'éirigh leis an doras a fhreagairt.

5 ag spochadh asam – *teasing me*

6 féith an ghrinn – *sense of humour*

Caibidil a trí

In Éirinn

Mhúscail Marika as a suan. Bhí duine éigin ag cnagadh ar an doras. Shíl sí ar feadh tamaill go raibh sí ar ais ina teach sa Bhoisnia. Ach tháinig an fhírinne shearbh chuici ar ball. Bhí sí istigh sa leoraí go fóill. Bhí duine éigin ag cnagadh ar dhoras an leoraí.

Mhothaigh sí na daoine eile ag corraí[1] thart uirthi. Mhothaigh sí go raibh gach duine chomh míshuaimhneach léi féin. Cá raibh siad anois? An raibh siad ar an bhád go fóill? Níor mhothaigh sí go raibh an leoraí ag bogadh. Ar bhain siad ceann scríbe[2] amach go sábháilte? An raibh siad in Éirinn?

Ansin, bhuail taom eagla í. Nó ar beireadh ar an tiománaí? An raibh siad ar ais sa Fhrainc? Bhí imní uirthi ach gheall sí di féin nach ngéillfeadh sí don imní. "Cibé rud a tharlaíonn, beidh mé láidir. Cibé rud a tharlaíonn, beidh mé láidir."

Stad an cnagadh ar an doras agus osclaíodh é. An tiománaí a bhí ann. "Tá muid tagtha i dtír," a dúirt sé, "Amach libh. Greadaigí libh. Go gasta. Déanaigí deifir. Amach libh."

---

1 ag corraí – *stirring, moving*   2 ceann scríbe – *destination*

Mhothaigh Marika daoine ag éirí den urlár agus ag déanamh ar an doras. Níor chorraigh sí go fóill beag. Bhí sé dorcha amuigh. Níor chuir an oíche eagla ar na daoine eile. Chonaic sí scáileanna[3] dorcha ag léim amach as an leoraí agus ag imeacht isteach sa dorchadas. Sa deireadh, chruinnigh sí a misneach chuici féin agus labhair: "Cá bhfuil muid?"

"Cad é? Cé atá ann?" a d'fhiafraigh an tiománaí. Las sé toirse. Lig sé gnúsacht nuair a chonaic sé Marika. "Ó, tusa atá ann. Nach ndúirt mé leat imeacht? Má bheireann siad ort, séanfaidh mise go bhfaca mé riamh tú. Cuirfidh siad i bpríosún tú. Imigh leat. Go gasta."

Níor chorraigh sí ach chuir ceist arís: "Cá bhfuil muid?"

"Tá tú in Éirinn."

"In Éirinn. Tá tú cinnte de."

"Arú, a leithéid d'amaidí. Rugadh agus tógadh in Éirinn mé. Anois, imigh leat chun an diabhail."

Ba go ciúin a dúirt sí ainm na tíre os ard – Éire. Tír dhraíochta, a smaoinigh sí. Tearmann[4] agus tús nua. Éire. Ba é seo a ceann scríbe go cinnte. Leag sí a lámha ar a bolg arís. "Beidh muid sona," a dúirt sí go ciúin leis an leanbh a bhí ag fás taobh istigh.

"Fan," a dúirt Marika leis an tiománaí. Bhí práinn[5] ina glór. "Fan. Cá rachaidh mé anois? Cad é a dhéanfaidh mé?"

3 scáileanna – *shadows*   4 tearmann – *sanctuary*   5 práinn – *urgency*

Thiontaigh an tiománaí thart agus labhair go borb: "Tá mo chuid den mhargadh déanta agam. Tá tú in Éirinn. Nach cuma liomsa cad é a dhéanann tú anois."

Dhreap Marika amach as an leoraí. Ní raibh duine nó deoraí le feiceáil. "Cá rachaidh mé?" a d'fhiafraigh sí den tiománaí arís, "níl eolas ar bith agam ar an tír."

Dhírigh an tiománaí a mhéar i dtreo comhartha bóthair: An Lár. "Lean an fógra sin. Tabharfaidh an bóthar sin isteach go lár na cathrach tú. Ina dhiaidh sin, bhuel," chroith sé a ghuaillí go doicheallach[6], "ina dhiaidh sin, sin fadhb s'agatsa."

Leis sin, thiontaigh sé ar a sháil agus d'imigh.

Bhí Marika ina seasamh léi féin. Ní raibh de mhaoin an tsaoil aici ach mála beag láimhe. Bhí éadaí agus cúpla grianghraf istigh ann. Ní raibh airgead aici. Ní raibh pas aici. Ní raibh cead aici bheith sa tír. Mar sin féin, mhothaigh sí faoiseamh[7] ina croí. Bhí na duganna ciúin an t-am sin oíche. Bhí corrcharr le cluinstin i bhfad i gcéin ach bhí an áit iontach ciúin. "Sábháilte. Tá mé sábháilte," a dúirt sí. Ní raibh gunnaí le cluinstin; ní raibh buamaí le cluinstin; ní raibh héileacaptair le cluinstin. Thar aon rud eile, ní raibh caoineadh le cluinstin.

D'amharc sí ar an chomhartha: An Lár. Thosaigh sí ag siúl. Bhí sé dorcha; bhí sé mall san oíche. Bhí

6 go doicheallach – *churlishly*   7 faoiseamh – *relief*

tuirse agus ocras uirthi. Thosaigh an fhearthainn ag titim anuas uirthi. Shiúil sí ar aghaidh gan stad gan staonadh. "Cibé rud a tharlaíonn, beidh mé láidir. Cibé rud a tharlaíonn, beidh mé láidir. Cibé rud a tharlaíonn, beidh mé láidir ... "

Caibidil a Ceathair

Cogadh

Shiúil Marika go dtí an doras. Ní raibh sise ná Iosef ag súil le cuairteoirí. D'oscail sí an doras. A cara, Elena, a bhí ann roimpi. Las aghaidh Mharika le gliondar. "Nach deas seo," a dúirt sí, "ní raibh mé ag súil le cuairt."

Ní gliondar a bhí ar Elena, ámh. Chuir sí ceist uirthi go giorraisc: "Nár chuala tú an nuacht?"

"Níor chuala mé nuacht ar bith. Bhí mé ag éisteacht le ceol ar an raidió. Cad é an nuacht?"

"Tá sé ina chogadh dearg thuas sa tír," a dúirt Elena agus imní ina glór.

"Cogadh dearg? Níl tú i ndáiríre."

"Tá mé lán dáiríre. Tá sé ina chogadh dearg faoi dheireadh. Nach ndúirt mé leat go dtarlódh sé seo? Beidh ort imeacht. Níl sé sábháilte níos mó."

"Bíodh ciall agat," a dúirt Marika agus iontas ina glór. "Níl mise ag imeacht áit ar bith. Seo é mo bhaile. Rugadh agus tógadh anseo mé. Cá n-imeoinn? Cad chuige a n-imeoinn? Tá aithne agam ar gach duine sa sráidbhaile seo agus tá aithne ag gach duine ormsa. Ní imeoidh mé. Beidh mé sábháilte."

"Nár chuala tú mé? Tá sé ina chogadh dearg. Tá siad ag marú daoine cosúil leatsa, cosúil liomsa. Ní aon chosaint í gur rugadh agus gur tógadh anseo tú. Maróidh siad gach duine. Tuigeann tú an fuath atá ag na daoine seo duit. Ní bhaineann tú lena bpobal."

"Ach baineann Iosef. Táimid pósta le chéile."

"Beidh siad lán chomh hamhrasach faoi Iosef agus atá siad fútsa. Tuigeann tú an meon. Is fealltóir é Iosef siocair gur phós sé tú. Beidh daor[1] oraibh beirt. Caithfidh sibh imeacht. Tá mise ag imeacht chomh luath géar agus a thig liom."

"Tá tusa ag imeacht? Cá háit?"

"Trasna na teorann. Rachaidh mé chun na hIodáile más féidir liom é. Tá mo dhearthháir ag obair sa Róimh. Beidh sé ábalta cuidiú liom."

"Agus do thuismitheoirí?"

"Tiocfaidh siad i mo dhiaidh. Gheobhaidh mé jab. Baileoidh mé an oiread airgid agus a thig liom. Cuirfidh mé an t-airgead chucu. Ach tá mé ag imeacht. Mholfainn duitse an rud céanna a dhéanamh."

Bhí mearbhall[2] ar Mharika. Chuir an méid a dúirt Elena eagla uirthi. Bhí ráflaí ag dul thart le míonna móra fada sa Bhoisnia faoi bhagairtí[3] cogaidh. Chuir na ráflaí imní ar Mharika ach bhí dóchas aici nach dtarlódh rud ar bith. Caint gan chiall, a bhí ann, dar léi, caint gan chiall. I ndiaidh tamaill,

---

1 Beidh daor oraibh
– *you will pay for it*

2 Bhí mearbhall
uirthi – *she was
confused*

3 bagairtí cogaidh –
threats of war

rinne sí neamhiontas den chaint chéanna. Ach anois... Bhí an chuma ar an scéal nach caint gan chiall a bhí ann i ndeireadh na dála.

Tháinig Iosef amach as an chistin. Bheannaigh sé d'Elena. Thug sé faoi deara láithreach go raibh rud éigin ag cur as di. D'éist sé go cúramach lena ndúirt sí. Ba léir go raibh imní air. Sa deireadh, chuaigh sé isteach go dtí an seomra eile agus chuir sé an raidió ag dul. D'éist siad triúr go cúramach leis an raidió. Bhí tuairiscí nuachta ann ar chaismirtí[4] cois teorann. Bhí an ceart ag Elena – bhí sé ina chogadh.

"Caithfidh mé imeacht," a dúirt Elena. "Má dhruideann siad an teorainn, beidh mé sáinnithe[5]. Caithfidh mé imeacht."

Rug sí barróg[6] ar Mharika agus labhair sí go práinneach: "Ní thig leat fanacht. Tá an sráidbhaile róchóngarach don trioblóid seo. Bailigh leat amach as seo sula mbíonn sé ródhéanach."

D'imigh sí ansin agus dhruid an doras go deifreach ina diaidh.

Bhí Marika ar crith le heagla faoin am seo. Rug Iosef barróg uirthi. Rinne sé iarracht í a shuaimhniú.

"An bhfuil muid i gcontúirt?" a d'fhiafraigh sí de.

Níor fhreagair sé ar dtús í. "An bhfuil muid i gcontúirt?" a d'fhiafraigh sí de arís.

---

4 caismirtí – *riots*
5 sáinnithe – *trapped*

6 rug sí barróg uirthi – *she hugged her*

"Tá," a d'fhreagair sé go lom.

Reoigh[7] croí Mharika ina cliabh.

Bhí sé ina chogadh.

7 reoigh sé – *it froze*

Caibidil a Cúig

Fearthainn

Lean Marika den siúl tríd an chathair choimhthíoch[1] Éireannach. Ní raibh eolas an bhealaigh aici. D'éirigh an fhearthainn[2] níos troime. Rinne sí a dícheall neamhiontas a dhéanamh den doineann. Ach bhí an oíche fuar dorcha agus bhí tuirse mhór uirthi. D'amharc sí thart ar na tithe. Nach méanar dóibh, a dúirt sí léi féin. Smaoinigh sí ar a teach beag féin sa Bhoisnia. Ballóg[3] a bhí ann. Chonaic sí toit os cionn an tí an lá ar theith sí. Chaith sí seachtain i bhfolach sa sráidbhaile. Chuir sí tuairisc Iosef i measc a cairde. Drochscéal a bhí ag gach duine. Ní fhaca duine ar bith é. Ach bhí caint ar dhúnmharú[4] thuas sna cnoic. "Na céadta fear," a dúirt comharsa léi, "na céadta fear marbh." Agus Iosef bocht ina measc gan amhras. Nuair nár fhill sé, bhí a fhios ag Marika ina croí istigh nach bhfillfeadh sé go deo. Agus a chara scoile féin a d'inis bréag dó go mbeadh sé sábháilte, a chara scoile féin a d'fheall air.

Lean sí ar aghaidh ag siúl agus fearg ina croí. Bhí sí fliuch go craiceann. Bhí seomra de dhíth uirthi don oíche. Ach cad é mar a gheobhadh sí seomra gan airgead? Bhí eagla uirthi fosta ceist a chur ar dhuine ar bith faoi bhrú óige nó lóistín oíche. Bhí

---

1 coimhthíoch – *strange, foreign*
2 fearthainn – *rain*
3 ballóg – *ruin*
4 dúnmharú – *murder*
5 bhí sí ina líbín – *she was dripping wet*

eagla uirthi go n-aithneodh siad go raibh sí in Éirinn gan chead. "Siúlfaidh mé ar aghaidh píosa eile," a dúirt sí léi féin, "gheobhaidh mé seomra áit éigin."

Bhí ocras mór uirthi. Ní raibh béile ceart aici le seachtainí – ó theith sí óna baile féin. Thosaigh sí ag crith faoin fhuacht agus faoin fhearthainn. Bhí sí ina líbín[5]. Ní raibh sí ábalta cosc a chur ar an chreathnacht[6]. Bhí a cuid spaisteoireachta[7] ag éirí níos fadálaí[8] agus níos fadálaí. Bhí spuaiceanna[9] ar a cosa. Bhí sí spíonta le hocras agus le tuirse.

Sa deireadh, stad sí. "Ligfidh mé mo scíth anseo," a dúirt sí léi féin. Sheas sé isteach ag doras siopa. Bhí dídean[10] éigin le fáil aici i bpluais an tsiopa. Mhothaigh sí tinn. Mhothaigh sí lag. "Cad é atá orm?" a dúirt sí, "cad é atá orm? Mothaím chomh lag sin. Níl fuinneamh ar bith ionam."

Mhaolaigh[11] ar an fhearthainn beagán. Chinn sí ar bhogadh ar aghaidh. "Ní thig liom an oíche a chaitheamh anseo," a dúirt sí. Shiúil sí ar aghaidh. Bhí a cosa ag éirí trom. Stad sí bomaite beag eile agus lig a scíth arís eile. Bhí a hanáil ag teacht go crua. Chuir sí a lámh ar a clár éadáin. Bhí sé te, róthe. Bhí mearbhall uirthi. Tháinig scaoll uirthi: "Ní thig liom stopadh anois. Ní thig. Caithfidh mé leanstan ar aghaidh. Caithfidh mé an chathair a bhaint amach. Gheobhaidh mé cuidiú ar ais nó ar éigean."

Rinne sí réidh le himeacht arís. Thóg sí coiscéim eile chun tosaigh agus thit sí i laige.

6 creathnacht – *trembling*
7 spaisteoireacht – *walking*
8 fadálach – *slow*
9 spuaiceanna – *blisters*
10 dídean – *shelter*
11 mhaolaigh ar an fhearthainn – *the rain abated*

Caibidil a Sé

Othar

Bhí fiabhras ar Mharika. Bhí tromluí[1] uirthi. Chuala sí cnagadh ar an doras arís. Bhí sé antráthach[2]. Cé a bhí ag teacht chun tí chomh mall seo san oíche? Chorraigh Iosef in aice léi. Thug sé spléachadh[3] amach ar an fhuinneog. "Cé atá ann?" a d'fhiafraigh Marika de go míshuaimhneach.

"Fir le gunnaí," a d'fhreagair sé.

"Cad é? Cé hiad?"

"Ná bíodh imní ort. Aithním cuid de na fir. Is iad ár gcomharsana féin iad." D'oscail sé an fhuinneog agus scairt leis na fir: "A fheara, cad é atá cearr go bhfuil sibh ar bhur gcois chomh mall seo?"

"Iosef, a chara, tar anuas. Caithfidh tú teacht linn." D'aithin Marika glór an chomharsa bhéal dorais, Max.

"Caithfidh mé teacht libh? Bíodh ciall agat, Max. Tá sé mall. Buailfidh mé libh amárach," a dúirt Iosef.

"Tá brón orm. Ach tá seo práinneach. Caithfidh tú teacht linn anois," a dúirt Max. D'aithin Marika an bhagairt[4] a bhí ina ghlór. Níor lig Iosef air féin go raibh rud ar bith mícheart. Ina ainneoin sin,

1 tromluí – *nightmare*

2 antráthach – *late*

3 spléachadh – *glance*

4 an bhagairt – *the threat*

mhothaigh Marika go raibh sé imníoch.

"Nach dtig libh fanacht?," a dúirt sé.

"Ní thig. Tá cúpla ceist againn ort. Sin uilig. Tuigeann tú féin chomh corrach[5] agus atá cúrsaí faoi láthair. Ná bíodh imní ort. Beidh tú ar ais i do theach féin faoi mhaidin," a dúirt Max, "M'fhocal le Dia. Ní inseoinn bréag duit, a chara."

"Ceart go leor, beidh mé chugaibh láithreach. Fan go gcuire mé m'éadaí orm féin."

"Cá bhfuil do bhean, Marika? Caithfidh sise teacht leat fosta."

Reoigh Marika le heagla. Cad é a bhí ar intinn ag na daoine seo?

"Níl Marika anseo. Thug sí cuairt ar a tuismitheoirí. Bhí imní orthu mar gheall ar na tríoblóidí uilig," a dúirt Iosef.

"Cá huair a bheidh sí ar ais?" a d'fhiafraigh Max.

"Amárach. Tig liom nóta a fhágáil di bualadh isteach chugat, más mian leat."

"Ná bac," a dúirt Max. "Déan deifir."

Labhair Iosef go práinneach[6] le Marika. Bhí sé ag siosarnach: "Gabh i bhfolach sa chófra faoin staighre. Ná corraigh go dtí go mbeidh muid ar shiúl tamall maith."

"Ba mhaith liom teacht leatsa. Tá eagla orm. Cad é atá uathu?"

5 corrach – *unsettled*   6 go práinneach – *urgently*

"Níl a fhios agam cad é atá uathu. Níl sé sona cibé. Gabh i bhfolach. Nuair atá muid imithe, cuir éadaí i mála. Fillfidh mise an chéad deis a fhaighim. Níl ann ach cúpla ceist. Chuala tú féin é. Nach bhfuil aithne agam ar Mhax ó bhí muid inár bpáistí. Mura bhfuil mé ar ais faoi mheán lae, gabh thusa go dtí teach do thuismitheoirí. Buailfidh mé leat ansin nó cuirfidh mé scéala chugat."

"Níl muinín[7] agam as Max. Is duine slítheánta[8] é. Bhí riamh anall."

"Ná bíodh imní ort."

Phóg sé Marika agus threoraigh[9] sé síos an staighre í. D'oscail sé doras an chófra agus chuir isteach í: "Suigh síos sa choirnéal. Tá sé dorcha." Shuigh Marika síos. Phóg sé uair amháin eile í: "Tá grá agam duit. Beidh gach rud i gceart. Fan go bhfeice tú."

Bhí an oiread sin eagla ar Mharika nach dtiocfadh léi labhairt. Fuair sí greim láimhe air: "Ná fág mé."

"Caithfidh mé. Níor mhaith liom go ndéanfadh siad cuardach ar an teach. Beidh tusa sábháilte. Fillfidh mé. M'fhocal le Dia, fillfidh mé."

Thóg sé cúpla cóta agus chaith sé thar a ceann iad: "Ar eagla go ndéanfadh siad cuardach. Fan i bhfolach."

Bhí an cnagadh ar an doras ag éirí níos callánaí[10]. "Tá mé ag teacht," a dúirt Iosef, "fan go fóill beag."

7 muinín – *trust*
8 slítheánta – *sly*
9 threoraigh sé í – *he led her*
10 callánach – *noisy*

Chuala Marika an doras á oscailt agus glór Mhax: "Shíl muid nach raibh tú ag teacht. Bhí an t-ádh ort nár bhris muid an doras isteach."

Bhí Iosef ag iarraidh bheith cairdiúil éadrom lena sheanchomrádaí scoile: "Faoi Dhia, cad chuige a ndéanfá a leithéid? Caithfidh sé go bhfuil sé seo iontach práinneach."

"Tá," a dúirt Max, "tá."

Chuala Marika an doras á dhruidim. Níor chorraigh sí. D'fhan sí ciúin sa chófra. Bhí sé te, róthe. Bhí sí á plúchadh[11] faoi na cótaí. Chaith sí na cótaí di agus lig scairt eagla. Mhothaigh sí lámh ag a héadan: "Fuist, fuist, a stór, tá tú i gceart. Tá tú sábháilte."

D'amharc Marika thart le sceon. Bhí sí i leaba. Labhair an bhean arís. B'altra[12] í. "Fuist, fuist, tá tú sábháilte. Tá tú san otharlann[13]. Thángathas ort ar an tsráid. Tá tú anseo le seachtain. Bhí an-drochfhiabhras ort. Ach ná bíodh imní ort. Beidh tú i gceart. Beidh biseach ort."

Biseach? Biseach?

Leag Marika a lámha ar a bolg. Rinne an altra miongháire cineálta. "Ná bíodh imní ar bith ort. Rith sé linn go mb'fhéidir go raibh tú ag iompar. Tá do leanbh slán sábháilte. Tá muid ag tabhairt aire mhaith don bheirt agaibh. Anois, cad é an t-ainm atá ort? Ní raibh ceadúnas tiomána nó tada leat. Cad é an t-ainm atá ort?"

11 plúchadh – *to suffocate*   13 otharlann – *hospital*
12 altra – *nurse*

Níor fhreagair Marika í. Thosaigh sí ag caoineadh le faoiseamh[14]. Bhí sí sábháilte. Bhí a páiste sábháilte. Chaoin sí uisce a cinn le faoiseamh.

14 faoiseamh – *relief*

Caibidil a Seacht

Tearmann?

Bhí Marika san otharlann go fóill. Bhí sí buíoch de na dochtúirí agus altraí as an chúram a rinne siad di. Rinne siad cúram maith di. Gach lá, thagadh dochtúir agus altra chuici. Bhí siad cineálta i gcónaí agus chuireadh siad ceist uirthi faoina sláinte: "Cad é mar atá tú inniu? An mothaíonn tú níos fearr? Ar chorraigh an leanbh?"

Dhéanadh Marika neamhiontas[1] de na ceisteanna. Níor fhreagair sí iad. Mhothaigh sí ciontach. Bhí gach duine chomh cineálta sin léi. Bhí siad uilig ag déanamh a ndícheall aire mhaith a thabhairt di. Ach ní thiocfadh léi na ceisteanna a fhreagairt. Ní thiocfadh léi labhairt ar eagla go bhfaigheadh siad a rún amach – ba theifeach í; ní raibh cead aici bheith sa tír. Dá bhfaigheadh siad sin amach, chaithfeadh siad amach as an tír í. Bhí a fhios aici go gcaithfeadh.

Agus ní thiocfadh léi sin a cheadú. Bhí a beo agus beo a linbh ag brath ar an tír nua seo. D'fhulaing[2] sí anró leis an tír a bhaint amach. Ní ligfeadh sí do dhuine ar bith í a chaitheamh amach as Éirinn. Bhí a fhios aici go raibh sí ag éirí níos láidre. Mhothaigh sí go raibh sí ag teacht chuici féin. Bhí a leanbh ag

1 neamhiontas a dhéanamh de – *to ignore it*

2 d'fhulaing sí – *she suffered*

teacht chuige féin fosta. Bhí a fhios sin aici ina croí istigh. Gach lá, leagfadh sí a lámha ar a bolg go cúramach. Bhí an leanbh istigh ina broinn ag fás. B'ábhar mór faoisimh ag Marika an t-eolas sin. Bhí a leanbh sábháilte. Bhí sise sábháilte agus ní chuirfeadh sí an tsábháilteacht sin i mbaol go deo.

I ndiaidh tamaill, stad siad de bheith ag cur ceisteanna uirthi. Ach lean siad ar aghaidh ag caint léi go cineálta. "Seo an dinnéar. Déan do chuid sula bhfuarann sé, a stór." Nó "Ar mhaith leat braon uisce?" "An bhfuil tú compordach?" "Ar mhaith leat ceannadhairt[3] eile?"

Bhí fonn ar Mharika buíochas ó chroí a ghabháil leo gach uile uair a rinne siad gar di. Ach ní fhéadfadh sí labhairt. B'éigean di í féin a chosaint. Agus bhí plean aici. Bhí rún aici fanacht san otharlann go dtí go mbeadh biseach uirthi. Ansin, d'imeodh sí gan tásc ná tuairisc[4]. Ní raibh sí ag iarraidh bheith míbhuíoch. Bhí lucht na hotharlainne iontach maith di. Ach an mbeadh siad chomh cineálta dá dtuigfeadh siad a cás? An mbeadh na húdaráis chomh cineálta dá dtuigfeadh siad gur theifeach í? Ní thiocfadh léi dul sa seans.

Cheap sí a plean. D'íosfadh sí a sáith[5]. D'fhanfadh sí go dtí go mbeadh biseach uirthi. Ansin, d'imeodh sí. Sin mar a b'fhearr é. San oíche, sea, san oíche a d'imeodh sí. Bíonn sé iontach ciúin san oíche, a smaoinigh sí, ní thabharfadh duine ar bith faoi deara mé ag imeacht.

---

3 ceannadhairt – *pillow*

4 d'imeodh sí gan tásc ná
  tuairisc – *she would disappear*

5 a sáith – *her fill*

Rinne sí réidh oíche amháin le himeacht. Dhreap sí amach as an leaba agus chuir uirthi a cuid éadaí. Thug sí sracfhéachaint[6] amach ar an bharda. Ní raibh tásc ná tuairisc ar dhuine ar bith. Rinne sí réidh le himeacht. Thóg sí coiscéim nó dhó chun tosaigh – go réidh ciúin. Shílfeá gur gadaí a bhí inti. Ach cibé rud a tharla, loic[7] ar a misneach. Mhothaigh sí lag; mhothaigh sí mearbhall[8] ina ceann.

Rinne sí iarracht imeacht an dara hoíche. Dúirt sí léi féin go n-imeodh. Bhí sí cinnte de. Bhí sí cinnte dearfa de. D'imeodh sí an iarraidh seo. Dhreap sí amach as an leaba arís agus chuir uirthi a cuid éadaí. Thug sí sracfhéachaint fhaiteach amach ar an bharda. Ní raibh duine ná deoraí le feiceáil. D'fhéadfadh sí imeacht ar a suaimhneas. Bhí an t-ádh ina rith léi. Thóg sí coiscéim chúramach amháin chun tosaigh. Níor chorraigh duine ar bith. Thóg sí coiscéim eile chun tosaigh. Bhí sí faoi chúpla coiscéim den phríomhdhoras nuair a chorraigh an leanbh ina broinn istigh. Stad sí. An leanbh. Cad é a tharlódh don leanbh dá n-imeodh sí. Bhí siad beirt ar a gcompord san otharlann. An mó dochar a dhéanfadh sí don leanbh imeacht nó fanacht?

Loic ar mhisneach Mharika. D'fhill sí ar a leaba. Ní thiocfadh léi imeacht. Bhí eagla uirthi. Cad é a tharlódh dá leanbh dá n-imeodh sí? Bhí Marika ag fáil bia maith san otharlann. Bhí sí ag ithe go maith. Bhí sí te teolaí. Bhí an fiabhras imithe. Bhí lucht na hotharlainne cineálta cairdiúil. Ach an mbeadh sin

6 sracfhéachaint – *glance*
7 loic ar a misneach – *her courage failed*
8 mearbhall – *dizziness*

fíor taobh amuigh den otharlann? An mbeadh bia le fáil aici? Cad é mar a bheadh sí beo? An éireodh sí tinn arís? Agus a leanbh? An leanbh bocht nár saolaíodh go fóill? Cad é a tharlódh dó?

Luigh sí siar ar a leaba agus chaoin sí. Brionglóid a bhí san otharlann seo, a smaoinigh sí, brionglóid. Bhí saol eile taobh amuigh dá ballaí a bhí cadránta[9]. Agus bheadh uirthi aghaidh a thabhairt ar an saol sin luath nó mall. Ach ní anocht. Ní anocht, a dúirt sí. Thit sí ina codladh agus í ag smaoineamh ar a fear céile agus ar an leanbh nach bhfeicfeadh sé go deo.

"Cibé rud a tharlaíonn, beidh mé láidir. Cibé rud a tharlaíonn, beidh mé láidir."

9 cadránta – *hard*

Caibidil a hOcht

Cuairteoir

Chlis[1] Marika as a codladh. Bhí an tromluí céanna uirthi. Bhí fir gan ainm ag an doras. Thóg siad Iosef amach san oíche. Bhí sí féin i bhfolach faoin staighre. Ní thiocfadh léi codladh. Chuala sí trup. Bhí na fir chéanna ag teacht ar ais di. Is ansin a chlis sí as a codladh.

D'amharc sí thart agus sceon ina súile. Bhí a croí ar preabadh[2] mire. Ní raibh sí ina teach féin ar chor ar bith. Bhí sí san otharlann go fóill. Bhí sí sábháilte go fóill.

Tháinig altra isteach agus labhair: "Maidin mhaith. Ar chodail tú go maith?" Níor fhreagair Marika í. "Níl caint agat go fóill," a dúirt an altra, "ná bíodh imní ort. Tá dea-scéal agam duit. Tá cuairteoir anseo le tú a fheiceáil."

Cuairteoir. Bhuail taom eagla Marika. Cé a bhí ann? Iosef? Ní thiocfadh dó. Póilín? Sea, póilín, cinnte. Bhí na póilíní tagtha chun í a thabhairt go príosún. Bhí a rún scaoilte[3]. Fuair siad amach gur theifeach í. Rinne sí iarracht éirí as a leaba ach ní thiocfadh léi. Chonaic an altra go raibh eagla a báis ar Mharika. Leag sí lámh ar a sciathán: "Ná bíodh imní ar bith ort. Ní namhaid é; is cara é. Cuideoidh

1 Chlis sí – *she started*
2 ar preabadh mire – *beating rapidly*
3 rún a scaoileadh – *to let out a secret*

sé leat. M'fhocal le Dia. Ní dhéanfaidh sé dochar duit. Seo chugainn é."

Shiúil fear isteach sa seomra. D'amharc Marika air le hiontas. Ní raibh éadaí póilín air ach níor chiallaigh sé sin rud ar bith, a dúirt sí léi féin. Ach níorbh iad na héadaí an rud ba mhó a chuir iontas uirthi ach dath a chraicinn. Fear gorm a bhí ann. Fear gorm. Rith sé le Marika gurbh í seo an chéad uair a chonaic sí fear gorm ina bheo in Éirinn. D'amharc sí thart ar an bharda. Geal a bhí gach duine. Bhí na haltraí geal; bhí na dochtúirí geal; bhí na hothair geal. Ach bhí an fear seo gorm.

Shiúil an fear anonn chuici. Tharraing sé cathaoir chuige féin: "An miste leat má shuím?" Níor fhreagair Marika é. "Suífidh mé mar sin," a dúirt sé, "ó tharla nach ndúirt tú a mhalairt."

Shuigh sé. "Is mise Colm. Cluinim nach bhfuil caint agat," a dúirt sé, "ach cluinim go dtuigeann tú gach rud a deirtear leat. An dtuigeann tú mise?"

Níor fhreagair sí é ach chlaon sí a ceann. "Go maith," a dúirt an fear. Lean sé leis ag caint. Shílfeá go raibh aithne aige ar Mharika leis na cianta. Bhí sé ar a chompord ag caint léi. "Inseoidh mé scéal duit. Fadó, fadó, bhí bean ann a d'fhág a baile féin. Bhí eagla mhór uirthi sa bhaile agus tháinig sí go hÉirinn. Ní raibh aithne aici ar dhuine ar bith in Éirinn. D'éirigh sí tinn agus tugadh go dtí an otharlann í. Nuair a mhúscail sí, bhí a caint caillte aici. Bhí a caint caillte aici mar nach raibh muinín aici as duine ar bith. Bhí eagla uirthi go fóill. Bhí eagla uirthi go gcuirfí abhaile í. Agus ní raibh sí ag iarraidh dul abhaile. Faraor, níor thuig an bhean go raibh cairde aici sa tír nua – i ngan fhios di féin. Bhí na cairde nua ag iarraidh cuidiú léi."

Stad an fear agus d'amharc sé ar Mharika: "Bhí na cairde ag iarraidh cuidiú léi. Ach ní thiocfadh leo cuidiú léi mar ní raibh a fhios acu cérbh í an bhean seo; cén áit as ar tháinig sí. Ní raibh a fhios acu fiú cad é an t-ainm a bhí uirthi."

Stad sé arís. Rinne sé moill eile cainte. D'amharc sé uirthi arís.

Bhí Marika idir dhá chomhairle. Ar chóir di muinín a chur ann[4]? An raibh an fear seo, an strainséir seo, iontaofa[5]? An gcuideodh sé léi? An loicfeadh sé uirthi? An cara é nó an namhaid é? Bhí an chuma air go raibh sé ag iarraidh cuidiú léi, a d'admhaigh sí.

Labhair sé arís: "Ní thig liom cuidiú leat muna gcuidíonn tusa liomsa. Déarfainn gur fhulaing[6] tú cuid mhór. Sin an fáth ar tháinig tú anseo. Déarfainn go bhfuil eagla mhór ort. Tuigim sin. Ach tá mise cleachtaithe leis sin. Cuidím le teifigh. Cuidím le daoine atá i sáinn – daoine cosúil leatsa. Caithfidh tú do mhuinín a chur i nduine éigin – luath nó mall. Lig dom cuidiú. Cad é an t-ainm atá ort?"

Bhí Marika ag éisteacht go géar le gach focal a dúirt sé. Go fóill féin, bhí sí idir dhá thine

4 muinín a chur ann – *to trust him*

5 iontaofa – *trustworthy*

6 d'fhulaing tú – *you suffered*

Bhealtaine[7]. Bhí fonn uirthi muinín a chur ann. B'fhada an lá ó labhair sí le duine ar bith. Bhí fonn uirthi a scéal a insint dó.

"Marika is ainm dom. Marika Kovac."

Rinne Colm miongháire. "Is álainn d'ainm, Marika. Fáilte romhat go hÉirinn." D'éirigh sé ina sheasamh agus shín sé a lámh chuici. Chroith Marika go fonnmhar í. Ar chúis éigin, mhothaigh sí sábháilte ina chuideachta. An raibh cara aici, duine a sheasfadh an fód di? Bhí dóchas aici go raibh. Bhí muinín aici as an fhear seo.

7 idir dhá thine Bhealtaine –
   in a dilemma

Caibidil a naoi

Comhairle Choilm

"Beidh cupán tae againn," a dúirt Colm. Dhoirt sé an tae isteach i gcupán agus thug do Mharika é. "An mbeidh brioscaí agat?" a d'fhiafraigh sé di.

"Ní bheidh, go raibh maith agat," a d'fhreagair Marika. Bhí sí ar a compord le Colm ach bhí sí rud beag imníoch faoina raibh i ndán di féin.

"Anois, is dlíodóir mise ó cheart. Cuidím le daoine. Ba mhaith liom cuidiú leatsa? An dtuigeann tú?"

"Tuigim."

"Go maith. Anois. Inis dom cén áit as a dtagann tú; cad é a thug go hÉirinn tú?"

Rinne Marika moill bheag sular labhair sí. Bhí an oiread sin cuimhní pianmhara ann. Bhí drogall uirthi[1] a scéal a insint os ard. Mhothaigh sí nach mbeadh sí láidir go leor le labhairt faoinár éirigh di. Ach chuir sí tús lena scéal. D'inis sí gach rud do Cholm; d'inis sí dó faoi Iosef; agus faoina baile sa Bhoisnia; d'inis sí dó cad é a tharla d'Iosef; faoin éalú a rinne sí féin. D'inis sí dó conas a chuaigh sí trasna na mór-roinne agus faoin turas báid.

Ní dúirt Colm rud ar bith. D'éist sé go cúramach

1 bhí drogall uirthi –
   she was reluctant

agus scríobh sé nótaí síos ina leabhar. Nuair a chríochnaigh Marika ag caint, rinne Colm moill bheag sular labhair sé féin.

"Is trua liom do chás agus is trua liom do chaill. Tá an oiread sin scéalta uafáis cluinste agam le blianta beaga. Ní éirím cleachtaithe leis."

"Tá rud amháin eile ann nár luaigh mé?" a dúirt Marika.

"Cad é?"

"Tá mé ag iompar clainne."

"Feicim. Bhuel, déanfaidh mise mo dhícheall go n-éireoidh an páiste sin agat aníos in Éirinn. Ná bíodh imní ort faoi sin."

"Cad é a ba cheart dom a dhéanamh anois?" a d'fhiafraigh Marika.

"Fág thusa sin fúm. Cuirfidh mise iarratas isteach thar do cheann don Roinn. Beidh beagán páipéarachais le hullmhú roimh ré ach ná bíodh imní ar bith ort faoi sin. Ní dhéanfaidh mé rud ar bith gan labhairt leat ar dtús."

"Níl airgead ar bith agam. Ní thig liom íoc as do sheirbhísí," a dúirt Marika. Bhí náire uirthi go raibh sí i muinín carthanachta[2]. Ag an am céanna, bhí imní uirthi nach gcuideodh sé léi.

"Ná bíodh imní ar bith ort faoi sin. Mar a dúirt mé, is dlíodóir mé. Déanaim an obair seo saor in aisce.

2 carthanacht – *charity*

Faighim tuarastal maith as na seirbhísí eile a chuirim ar fáil."

"Tá an t-ádh ort," a dúirt Marika.

"Tá. Bhí sé doiligh ar dtús ach tá cúrsaí go maith anois."

D'amharc Marika air arís. Bhí idir iontas agus fhiosracht[3] uirthi. Rinne Colm gáire: "Gabh ar aghaidh," a dúirt sé, "cuir an cheist atá ag dó na geirbe agat[4]?"

"Cén cheist?" a dúirt Marika agus aiféaltas[5] uirthi.

"An cheist a chuireann gach duine orm nuair a chasaim orthu: Cá háit ar rugadh tú?"

"Ní raibh mé ag iarraidh bheith srónach. Ach is beag duine gorm a fheiceann tú in Éirinn."

"Is beag. Ach rugadh agus tógadh mise sa tír seo. B'as an Chéinia do mo mháthair. Bhí m'athair ag obair sa tír sin mar dhochtúir ar feadh tamaill."

"Obair dheonach[6], is dócha," a dúirt Marika ag gáire.

Chuaigh Colm ag gáire fosta. "Go díreach é. Obair dheonach. Tá an nós sin againn mar chlann."

"Caithfidh sé go raibh sé doiligh ort agus tú ag éirí aníos. Is dócha nach raibh mórán cairde agat."

"Ó, bhí neart cairde agam. Ní chuireann páistí spéis i ndath craicinn. Foghlaimíonn siad na drochnósanna sin ó dhaoine fásta. Bhí neart cairde

3 fiosracht – *curiosity*

4 ag dó na geirbe agat – *annoying you*

5 aiféaltas – *embarassment*

6 deonach – *voluntary*

agam. Níl mé á rá nach raibh fadhbanna ann anois agus arís. Ach, don chuid is mó, bhí saol saor ó chiníochas[7] agam. Faraor, tá rudaí ag dul in olcas anois. Is mó imní a bhíonn orm faoi na cúrsaí seo anois ná mar a bhí orm tá 20 bliain ó shin. Tá rudaí ag dul in olcas."

"Cad chuige? Deirtear gur pobal fáilteach cairdiúil iad na hÉireannaigh?"

"Is fíor sin – go pointe."

"Ní thuigim. Cad é an dóigh – go pointe?"

Lig Colm osna agus dúirt: "Tá muid cleachtaithe lenár dtír féin a fhágáil inár ndiaidh. Téann muid thar sáile; cónaíonn mórán againn i dtíortha eile. An chuid a fhágtar sa bhaile, ní i gcónaí a thuigeann siad an t-anró agus an cruachás a bhaineann leis an aistriú sin."

"Cad chuige nach dtuigeann? Nach scríobhann imircigh[8] Éireannacha abhaile? Nach míníonn na himircigh an t-anró agus an cruachás dá muintir féin?"

"Scríobhann agus míníonn – cuid acu. Ach, don chuid is mó, is fearr le daoine cuma na maitheasa a chur ar chúrsaí. Ligeann siad orthu féin go bhfuil siad ag déanamh níos fearr ná mar atá i ndáiríre. Tá bród i gceist. Ní i gcónaí a insíonn an t-imirceach an fhírinne."

"Shílfeá," a dúirt Marika, "go mbeadh bá ag muintir na hÉireann leis an imirceach."

7 ciníochas – *racism*
8 imircigh – *emigrants*

"Ní thuigim féin an meon eascairdiúil[9] a léiríonn cuid den phobal," a dúirt Colm. "Tá saibhreas ag cuid againn anois nach raibh againn roimhe. B'fhéidir gur saint[10] is cúis leis. Níl muid ag iarraidh an méid atá againn a roinnt. Nó b'fhéidir gur aineolas is cúis leis. Ní thuigeann muid an eagla a scuabann daoine eile as a dtíortha féin. Is maith linn smaoineamh ar an Eoraip mar fhoinse[11] airgid. Tagann seiceanna chugainn ón Bhruiséil. Ní thuigeann muid go bhfuil bochtanas agus seicteachas agus ciníochas ar an mhór-roinn fosta."

"Eagla agus bás a scuabann daoine as a dtíortha. Dá mbíodh rogha agam, bheinn sa bhaile go fóill le hIosef. Dá mbíodh rogha agam. Ach ní raibh rogha ar bith agam. B'éigean dom imeacht; b'éigean dom teitheadh," a dúirt Marika agus í ag smeacharnach[12]. "B'éigean dom imeacht."

Chonaic Colm go raibh an bhean cráite: "Seo anois. Ní maith duit bheith ag smaoineamh air sin anois. Tá tú sábháilte anois. Tá cairde agat anseo in Éirinn."

"Ach b'fhéidir go gcuirfí ar ais mé. Dá gcuirfí ... Ó, ní thig liom smaoineamh air. Níl duine ná deoraí fágtha. Mharaigh siad m'fhear céile. Tá a fhios agam gur mharaigh. Níl a fhios agam cad é a d'éirigh do mo thuismitheoirí nó do mo theaghlach. Scaip siad le linn na cogaíochta[13]. Tá mé liom féin."

38
9 eascairdiúil – *unfriendly*   12 ag smeacharnach – *sobbing*
10 saint – *greed*   13 cogaíocht – *warfare*
11 foinse – *source*

Chaoin Marika uisce a cinn. Chaoin sí agus chaoin sí. Rinne Colm a dhícheall í a shuaimhniú. Tháinig altra isteach. "Tá tú corraithe. Seo tóg cúpla piolla suain[14]. Cuideoidh siad leat codladh. Is é an codladh an rud is fearr duit faoi láthair. Luigh siar agus druid do shúile."

Rinne Marika mar a iarradh uirthi. Diaidh ar ndiaidh, d'éirigh sí tostach. Sa deireadh, thit néal uirthi. Ach ní brionglóid a bhí aici ach tromluí. Thit sí ina codladh agus í uaigneach. Bhí sí léi féin i dtír choimhthíoch. Bhí sí ag iompar páiste nach bhfeicfeadh a athair go deo.

14 piolla suain – *sleeping pill*

Caibidil a Deich

Tearmann

An Bealach Caol, Éire, Meitheamh, 1994

Chlis Marika as a codladh. Bhí an leanbh ag caoineadh. D'éirigh sí go gasta. Go fóill féin, ní raibh sí cleachtaithe le bheith ina máthair. Bhí gach rud chomh haisteach sin aici. Ise amháin a bhí freagrach as an leanbh beag seo. Ise amháin. Bhí cuimhne mhaith aici ar lá a breithe. Sé mhí ó shin a tharla sé. Tháinig na pianta breithe gan choinne[1] uirthi. Bhí an leanbh mí luath ag teacht ar an saol. Bhí imní ar Mharika go bhfaigheadh an páiste bás. Chuir sí fios ar Cholm. Thug seisean a fhad leis an otharlann í. Thuig sé an imní mhór a bhí uirthi féin. "Ná bíodh imní ort, a Mharika." Tabharfaidh na dochtúirí agus na haltraí aire mhaith duit. Bíodh muinín agat astu."

Ach ní raibh comhairle le cur ar Mharika. Sceon a bhí uirthi. "Tá sé róluath. Tá sé mí róluath. Ní mhairfidh an leanbh. Má chaillim an leanbh seo …"

"Ní chaillfidh. Ná bíodh imní ort, ní chaillfidh. Tabharfaidh na dochtúirí aire mhaith duit. Éist leo. Fanfaidh mise leat. Beidh tú i gceart. Níl tú leat féin."Agus d'fhan sé agus bhí Marika buíoch de gur fhan. D'fhan sé agus bhí sé ann nuair a tháinig

40

1 gan choinne – *unexpectedly*   3 truacánta – *mournful*
2 Chuach sí – *she hugged*

iníon bheag Mharika ar an saol. "Cad é an t-ainm a thabharfaidh tú uirthi?, a d'fhiafraigh bean de na dochtúirí di.

"Aisling", a d'fhreagair Marika "mar is í m'aisling féin í."

Tharraing Marika an leanbh chuici féin. Rinne sí iontas chomh beag agus a bhí a hiníon. Aisling. Sea. Aisling in Éirinn. Chuach[2] sí an leanbh chuici féin. Dá mbíodh Iosef anseo, nach air a bheadh an bród. Dá mbíodh ... Choisc sí na cuimhní truacánta[3]. Ní chaithfeadh sí smál[4] an bhróin ar an lá breithe ghlórmhar seo. Iníon. Iníon bheag. Iníon fholláin. Iníon shábháilte. Iníon. Altú do Dhia[5]. Altú do Dhia. Rinne Marika iontas den fhuinneamh a líon í gach uair a thóg sí an leanbh. Ba chuma léi cad é a d'éireodh di féin. Bhí a hiníon sábháilte. Tús an dea-ádha[6] a bhí i saolú Aisling. Scaip an ghruaim a bhí ar Mharika go dtí sin. Cinnte, bhuail taomanna uaignis í. Chrothnaigh[7] sí a fear céile, a muintir féin, a cairde, a baile. Ach bhí cúram nua aici - leanbh beag. Chuir sí a dóchas sa leanbh. Mhuirnigh[8] sí í. Phóg sí í. Chuir sí siosaranach ina cluasa agus d'inis sí di go mbeadh sí sábháilte i gcónaí, go dtabharfadh sise, Marika, aire di go deo. Ón uair gur thóg sí Aisling ina lámha, d'aithin sí nach mbeadh sí léi féin go deo, go mbeadh cuideachta i gcónaí aici. D'aithin Colm an t-aoibhneas a bhí ar Mharika. "Tá tú sona anois", a dúirt sé.

---

4 smál an bhróin a chaitheamh air – to *taint it with sadness*
5 altú do Dhia – *thanks be to God*
6 dea-ádh – *good luck*

7 chrothnaigh sí – *she missed*
8 mhuirnigh sí í – *she cuddled her*

"Tá mé sona. Tá mo leanbh sábháilte. Tá mé sona", a dúirt Marika. Diaidh ar ndiaidh, tháinig Marika isteach ar ghnó laethúil na máthar. Chuidigh na haltraí léi agus thug siad eolas di faoin bhealach chun Aisling a chothú. D'amharc Marika le gliondar mar a dhiúl[9] Aisling bainne. "Ní bhfaighidh an t-ocras an lámh in uachtar ar d'iníon," a dúirt bean de na haltraí. Bhí imní ar Mharika faoi rud amháin – cad é a bhí roimpi nuair a chuirfí as an otharlann í. Thuig sí go raibh an lá sin le teacht luath nó mall. Bhí an smaoineamh i gcúl a cinn i gcónaí. Níor lig sí don smaoineamh duairc céanna beaguchtach[10] a chur uirthi, áfach. Bhí Aisling aici. Bheadh siad le chéile , ba chuma cad é a tharlódh. Tháinig Colm chuici tamall ina dhiaidh sin agus aoibh an gháire ar a aghaidh.

"Dea-scéal?" a d'fhiafraigh Marika de.

"Dea-scéal go deimhin," a dúirt sé agus é ag gáire, "dea-scéal go deimhin.

Tháinig litir duit ón Roinn. Tá cead agat fanacht in Éirinn - go fóill beag ar aon nós."

"I ndáiríre? Ní chreidim é. An bhfuil tú cinnte? An ndearna siad meancóg[11]?"

"Tá mé iomlán cinnte. Ní meancóg ar bith í seo. Tá cead agaibh beirt fanacht in Éirinn. Tá do chás faoi scrúdú anois. Níl a fhios agam cad é an toradh a bheidh air. Sin ráite, tá muinín agam go

9 dhiúl sí – *she sucked*
10 beaguchtach a chur uirthi – *dishearten her*
11 meancóg – *mistake*

dtabharfaidh siad cead duit cónaí a dhéanamh in Éirinn. Tá cás láidir agat."

"Ach ní thig liom fanacht san otharlann?"

"Ní thig," a dúirt Colm agus imní air. "Ach d'aimsigh mé áit duit. Tá láthair[12] champála bheag amuigh faoin tuath, áit darb ainm an Bealach Caol. Tig leat áit a fháil ansin. Is carabhán é ach is tús é. An bhfuil fonn ort cónaí a dhéanamh faoin tuath. Beidh sé iontach ciúin ach tá go leor áiseanna ar an bhaile féin."

"Ba bhreá liom sin. Ach tiocfaidh tú ar cuairt, nach dtiocfaidh?"

"Bhuel", a dúirt Colm, "ní maith le Dubs an chathair a fhágáil rómhinic ach déanfaidh mé mo dhícheall."

Thuig Marika gur ag spochadh aisti a bhí sé. Chruinnigh Marika a balcaisí[13] le chéile. Níor mhórán iad. Thriall sí agus Aisling ar an pháirc carabhán. Bhí an tírdhreach[14] go hálainn. Chuir an ceantar a baile dúchais féin i gcuimhne di – na cnoic os cionn an tsráidbhaile, abhainn ag síneadh ar a suaimhneas.

Ba é an suaimhneas céanna a shantaigh Marika. Gach lá, d'osclaíodh sí doras a carabháin agus thugadh sí amharc suas ar na cnoic os a cionn. Ní bhíodh le cluinstin ach na préacháin sna páirceanna timpeall. Bhíodh caoirigh le feiceáil thuas ar na cnoic. Ba chosúil le liathróidí beaga

---

12 láthair champála – *camp site*   14 tírdhreach – *scenery*
13 balcaisí – *bits of clothing*

43

sneachta iad, a smaoinigh Marika. Diaidh ar ndiaidh, chuir sí aithne ar phobal an bhaile. Mhothaigh sí go raibh doicheall ar chuid acu roimpi. Níorbh fhada, áfach, gur imigh an doicheall sin. Chonaic siad an leanbh ina pram agus las aghaidheanna an phobail roimpi.

"Tá an babaí sin go hálainn," a dúirt bean amháin sa siopa léi. "Cad é an t-ainm atá uirthi?"

"Aisling," a d'fhreagair Marika.

"Aisling. Ainm Éireannach," a dúirt an bhean agus a glór lán iontais.

"Is in Éirinn a rugadh í. Shíl mé gur chuí an t-ainm é."

"Níl mórán daoine óga thart anseo," a dúirt an bhean léi. "Tá an baile seo ag fáil bháis cheal daoine óga." "Fanfaidh muidinne – má bhíonn deis againn. Fanfaidh muid go deo," a dúirt Marika. Tháinig tocht[15] uirthi. Bhí fonn uirthi labhairt leis an bhean – míniú di cad é a tharla di féin agus dá fear céile, insint di go raibh eagla a báis uirthi filleadh ar a tír féin. Ach ní thiocfadh le Marika. Dhéanfadh an bhean agus na daoine eile sa siopa ceap magaidh[16] di. Ní thuigfeadh siad a hanchás. Thost sí agus náire uirthi. Is ansin a tharla an rud b'iontaí ar fad. Leag an bhean strainséartha a lámh ar uillinn Mharika agus labhair go ciúin cúirtéiseach: "A stór, cad é an t-ainm atá ort féin?"

"Marika is ainm dom. Marika."

15 tháing tocht uirthi –
she couldnt speak with emotion

16 ceap magaidh a dhéanamh
di – *to make fun of her*

"A stór, is é mo ghuí go mbeidh saol fada sona sásta agat féin agus ag d'iníon in Éirinn. Brat Bhríde oraibh beirt."

Bhí cuimhne go fóill ag Marika ar na focail agus í ag tógáil Aisling chuici féin. Phóg sí an leanbh agus dúirt paidir an lae léi: "Brat Bhríde ort."

Ba í sin a paidir gach lá ó bhuail sí leis an bhean strainséartha na míonna móra fada ó shin. Deireadh Marika an phaidir ar maidin i gcónaí. Deireadh sí ar maidineacha earraigh í agus ar maidineacha samhraidh agus ar maidineacha fómhair agus ar maidineacha geimhridh. Ba í a paidir bheag phríobháideach í.

Líon na focail a croí le dóchas. D'imigh na seachtainí agus na míonna agus na ráithí thart. Lean sí léi ag guí. Agus maidin amháin i ndiaidh di a paidir a rá, tháinig litir oifigiúil tríd an doras. Ón Roinn a bhí an litir. Bhí a fhios aici sular léigh sí an litir cad é a bhí ann – freagra ar a hiarratas tearmann a fháil in Éirinn. Bhí freagra tagtha faoi dheireadh is faoi dheoidh. Bhí eagla uirthi an litir a oscailt. An mbeadh cead aici fanacht nó an mbeadh uirthi imeacht? Stán sí ar an litir. Bhí eagla uirthi go fóill í a oscailt. Sa deireadh, dúirt sí: "Brat Bhríde orm." D'oscail sí an litir agus léigh. Léigh sí an téacs faoi thrí sular thuig sí an béarlagair[17] mar ba cheart. Bhí cead aici fanacht. Bhí cead ag Aisling fanacht. Ba é an t-oileán seo Éire a mbaile feasta. Ba den oileán iad. Éire. Tearmann. Tús.

17 béarlagair – *jargon*

Gluais

aiféaltas – *embarassment*
áilleagáin – *trinkets*
altra – *nurse*
altú do Dhia – *thanks be to God*
antráthach – *late*

bagairt – *threat*
bagairtí cogaidh – *threats of war*
balcaisí – *bits of clothing*
ballóg – *ruin*
barróg – *hug:* rug sí barróg uirthi – *she hugged her*
beaguchtach a chur uirthi – *dishearten her*
Bealtaine – *May day:* idir dhá thine Bhealtaine –
in a dilemma
béarlagair – *jargon*
buaile – *milking place:* an dara suí sa bhuaile – *alternative*

cadránta – *hard*
cáilíochtaí – *qualifications*
caismirtí – *riots*
callánach – *noisy*
carthanacht – *charity*
ceann scríbe – *destination*
ceannadhairt – *pillow*
ceap magaidh a dhéanamh di – *to make fun of her*
chlis sí – *she started*
chrothnaigh sí – *she missed*
chuach sí – *she hugged*
ciníochas – *racism*

cinniúint – *destiny*
cogaíocht – *warfare*
coimhthíoch – *strange, foreign*
coinne – appointment: gan choinne – *unexpectedly*
corrach – *unsettled*
corraí – *stirring, moving*
creathnacht – *trembling*
cuspóir – *aim*

daor – *expensive*: beidh daor oraibh – *you will pay for it*
dea-ádh – *good luck*
deis – *opportunity:* thapódh sé an deis – *he would avail of the opportunity*
deistín – *disgust*
deonach – *voluntary*
dhiúl sí – *she sucked*
dídean – *shelter*
diúltú – *refuse*
doicheallach – *churlish:* go doicheallach – *churlishly*
drogall – *reluctance:* bhí drogall uirthi – *she was reluctant*
dufair – *jungle*
dúnmharú – *murder*

eascairdiúil – *unfriendly*
éiligh – *demand*

fadálach – *slow*
faiteach – *timid:* go faiteach – *timidly*
faoiseamh – *relief*
feall – *treachery*
fearthainn – *rain*
féith an ghrinn – *sense of humour*

fiosracht – *curiosity*
foinse – *source*
folúntas – *vacuum*
fulaing – *suffer*

gearb – *scab, itch*: ag dó na geirbe agat – *annoying you*
ghéill sí é – *she gave it up*
greamaithe – *stuck*

imircigh – *emigrants*
iontaofa – *trustworthy*

láthair champála – *camp site*
libín – *a wet rag*: bhí sí ina libín – *she was dripping wet*
loic – *fail* – loic ar a misneach – her courage failed

meancóg – *mistake*
mearbhall – *dizziness, confusion*: bhí mearbhall uirthi –
she was confused
mhaolaigh ar an fhearthainn – *the rain abated*
mhuirnigh sí í – *she cuddled her*
muinín – *trust*: níl muinín agam as – *I don't trust him*

neamhiontas a dhéanamh de – *to ignore it*

otharlann – *hospital*

piolla suain – *sleeping pill*
plúchadh – *to suffocate*
práinn – *urgency*: go práinneach – *urgently*
preabadh – *beating, throbbing*: ar preabadh mire –
beating rapidly

reoigh sé – *it froze*
rún a scaoileadh – *to let out a secret*

sáinnithe – *trapped*

saint – *greed*

sáith – *fill*

scáileanna – *shadows*

séanfaidh mise – *I will deny*

slítheánta – *sly*

smál – *stain*: smál an bhróin a chaitheamh air – *to taint it with sadness* smeacharnach – *sobbing*

spaisteoireacht – *walking*

spléachadh – *glance*

spochadh – *teasing*

spuaiceanna – *blisters*

sracfhéachaint – *glance*

stoitheadh – *pull, uproot*

tásc – *report of death*: d'imeodh sí gan tásc ná tuairisc – *she would disappear*

tearmann – *sanctuary*

teifeach – *refugee*

teitheadh – escape

tocht – *emotional catch*: tháing tocht uirthi – *she couldn't speak*

threoraigh sé í – *he led her*

tírdhreach – scenery

trioc – *urniture*

tromluí – *nightmare*

truacánta – *mournful*